KB050123

인사동 게바라

천년의시조 1006
인사동 게바라

1판 1쇄 펴낸날 2019년 6월 27일
지은이 구중서
펴낸이 이재무
책임편집 박은정
편집디자인 민성돈, 장덕진
펴낸곳 (주)천년의시작
등록번호 제301-2012-033호
등록일자 2006년 1월 10일
주소 (03132) 서울시 종로구 삼일대로32길 36 운현신화타워 502호
전화 02-723-8668
팩스 02-723-8630
홈페이지 www.poempoem.com
이메일 poemsijak@hanmail.net

ISBN 978-89-6021-432-3 04810
978-89-6021-345-6 04810(세트)

값 10,000원

*이 책의 국립중앙도서관 출판시도서목록(CIP)은 서지정보유통지원시스템 홈페이지(http://seoji.nl.go.kr)와 국가자료공동목록시스템(http://www.nl.go.kr/kolisnet)에서 이용하실 수 있습니다.(CIP 제어번호: CIP2019023733)

인사동 게바라

구중서 시조집

천년의 시작

시인의 말

세 번째 시조집을 엮는다. 인문학 정신의 사명을 생각하는 비평의 작업과 아울러 순정의 박동처럼 시조의 언어를 숨 쉬며 지내게 된다. 민족문학사 안의 자생적 시문학 장르인 시조는 문화민족의 증명이다. 물질화 세계의 인간화 작업에 한국 현대시조의 소명이 있다.

2019년 여름, 구중서

차례

제2부

제3부

발문

제1부

자유인

나에겐 아무것도 바라는 게 없어라
그러니 그 무슨 두려움도 없어라
이것이 카잔차키스 자유인의 묘비명

지중해 바람 부는 크레타 섬 안에
비 맞아 빛바랜 원목의 십자가
무덤 앞 큰 돌에 새긴 묘비명을 지키네

보통 도사

노자 장자 얘기하며 통도사 가는 길에
후배가 묻는다 선배는 무슨 도사
나는야 보통 도사다 더 할 말이 있는가

무위자연 반대말이 작위인 것이고
작위는 꾸미는 것 조작을 뜻하거니
거짓만 없이 살아도 보통 도사 아닌가

나무꾼 소년

중국의 남쪽 지방 영남에 사는 소년
나뭇짐 지고 가 시장에서 팔았다
공부를 늘 하고 싶어 큰 절을 찾아갔다

남쪽의 오랑캐가 왜 절을 찾아왔나
큰스님 홍인대사 떠보는 말을 했다
진리를 배우는 데도 오랑캐라 안 되나요

생불의 말투에 큰스님 깜짝 놀라
뒷마당 보내어 보리방아 찧게 했다
숨겨서 공부시킨 후 혜능대사 되게 했다

노점

산더덕 껍질을 쉬지 않고 벗기는 손
못 파는 마무리는 생각도 않는다
하루의 노동이 있어 대견한 보금자리

태백산 자락의 버섯이며 더덕을
도시의 대로변 보자기에 펼쳐놓고
길손의 눈길에 맡겨 느긋한 하루해

볏짚 곰장어

알타이 기마족이 남으로 와 농사지어
볏짚 털어 쌀을 얻고 볏짚 불로 장어 굽고
해변의 검은 갯벌은 장어의 밭이구나

부산의 기장 해변 연기 맛이 아련하다
고기잡이 작은 목선 파도에 떠 춤을 추고
땅에서 살아가기란 사랑으로 족하다

밥

벼 이삭 스스로 속살을 채운 후
밥상의 숟갈에 오르고 먹힌다
날마다 밥을 먹으며 내 혼은 채워지나

채우고 여물고 익어서 누구에게
들어가 살리는 구실을 하는지
하늘이 내려다보며 헤아려 아시리

눈 쓸기

플라스틱 눈삽과 힘 있는 빗자루
철물점에 들러서 장만한 도구들
눈 쌓인 새벽 골목을 쓸기가 수월하다

마주한 앞집의 대문 앞도 쓸었다
이웃집 사람들끼리 인사도 없는 시대
말없이 남의 집 문 앞 눈을 치워 인사하다

군중

군중이란 목욕탕에 들어가지 않은 이
인생의 미칠 듯한 환희를 모른다
거리에 스쳐 지나는 아름다운 사람아

어느 때 어디서 만날 수 없다만
멈추어 돌아보는 영혼의 끌림이여
인간애 사해동포가 으뜸의 사상이다

종로

종로의 보신각 종 세모에나 한번 울고
바로 옆 종로타워 회전문은 늘 돌아
굼뜨든 부산을 떨든 세월 속 동행이네

뒷모습

철없는 어린 아들 타이르던 어머니
어느새 부엌에서 밥을 짓고 있었다
식구들 먹여 살리던 어머니의 뒷모습

다 커서 보게 된 교향악단 지휘자
그 역시 뒷모습 보이며 서있다
내 혼을 일깨운 사람 등 뒤로 말을 한다

헤엄으로 배를 끌어

고장 난 쪽배를 헤엄으로 끌던 소녀
시리아 난민으로 리우에 간 마르디니
무국적 수영 선수로 올림픽에 출전하다

마음 빚

누구에게 마음의 빚을 진 게 없는지
있으면 애써서 갚아야 하겠다만
마음 빚 없는 날이면 천국이 따로 없다

누구에게 서운해 마음이 아프기로
그거야 나로서 잊으면 그만이지
도리어 누구의 아픔이 내 탓일까 저어해

인수봉

흰 살갗 몸통이 끌밋한 인수봉
오늘도 삼각산의 빛나는 앞모습
누구의 큰 솜씨인가 넋 놓고 바라본다

변산

변산 지방 산들은 바다를 향하여
경사진 직선의 능선으로 늘어서
튕기면 바로 음악이 연주될 참이다

주왕산

높은 데 뛰어내린 폭포가 흘러가며
바닥을 굳세게 밀고 밀며 가는가
절벽과 절벽 사이에 수평으로 흐른다

물길에 따라가는 사람 길도 평지구나
계곡의 여울 소리 은은한 가락이다
안으로 깊어진 길이 호젓이 편하구나

울릉도

숲에서도 오징어 냄새 나는 울릉도
옥색의 바다에 검은 바위 그림자
하늘로 치솟은 용암 몸통에 바람 구멍

뜨는 해 지는 해 한 바다에 보인다
처음과 끝이란 게 이어져 있어라
섬 둘레 걷고 또 걸어 영원에 이르누나

국토 걷기

버스 타고 내려 걷고 해안을 따라간다
길가의 외딴 집 물 한 잔 얻어 마셔
인사 튼 겨를에 이어 툇마루에 앉아 쉰다

나그네 환대하는 밥상머리 수저 받아
이야기 나누며 한 식구 되어본다
일어나 다시 걸음 떼 국토를 걸어간다

오늘

새벽에 눈을 뜨니 오늘도 나에게
스물네 시간이란 선물이 있구나
쓰기만 잘 하기로는 일생처럼 여길까

무엇으로 남으랴

산인가 하늘인가 들인가 바위인가
사람의 마음은 무엇으로 남으랴
하나로 무너져 내려 출렁이는 바다이리

사람 그늘

스스로 누구에게 마음이 내키어
모르게 무엇을 거들어 주었기로
받은 이 짐작도 못 해 편하기 그지없다

나야말로 큰 그늘 아래서 살았거니
그늘을 드리운 이 세상을 떠나고
인연을 갚을 길 없이 세월이 지나간다

빚쟁이

잊고서 산다만 어김없이 빚쟁이
생명을 거저 얻어 벅차는 긴 나날
홀연히 삶을 끝낼 때 무엇으로 갚으랴

유아독존

부처가 천상천하 유아독존 말한 뜻은
세상의 모두를 낮추어 본 것인가
아니지 그는 스스로 외로움을 알았다

출가해 맨발로 삼천리를 걸었다
도반들이 따르다 갈라져 나갔다
고향에 돌아가다가 심하게 병이 났다

한 집의 착한 주인 차려낸 밥상에
상한 음식 있는 걸 내색 않고 먹었다
길 떠나 다시 걷다가 더 가지 못했다

숙소를 다시 정해 고향 쪽에 머리 두고
대접했던 그 사람 성의를 생각했다
한 삶을 다 이루었다 외로운 유아독존

고해소

사함을 빈다는 고백성사 마무리
알아내지 못한 죄도 사하여 주소서
하느님 다 아시거니 말 못 하는 죄까지

흙

모두가 마지막에 어김없이 모여와
흙가루 같은 모양 엉겨서 지내거니
흙 속이 영원의 자리 모두의 고향이다

제2부

심지

세종과 충무공의 동상이 우뚝한
광화문 광장에 촛불의 동상을
또 하나 크게 세우자 말하는 사람아

겨레의 말을 담은 한글의 문화와
죽어야 산다는 진두의 충무공
역사의 심지가 있어 촛불이 켜졌다

이백만 군중이 시위를 하고도
한 명의 거치른 언동이 없구나
동상을 넘어 펼쳐진 하늘이 보고 있다

빛이 솟는 날

광화문 광장에 넘치는 촛불이
처음부터 평화의 나부낌 아니었다
억눌린 백성의 심화 모여서 터지던 것

사일구 날 총탄에 젊음들이 스러지고
세월호 원한의 유족들 천막 쳤다
백남기 농민이 와서 물대포에 죽은 자리

한때는 돌멩이와 화염병을 던져도
막무가내 정의와 민심이 막히더라
마땅히 어둠이 다해 빛이 솟는 날이다

북악

신라의 셔블이고 오늘은 서울일시
북악이 솟아올라 양 날개 펼치고
온 땅에 나눌 빛으로 촛불들을 품더라

판문점 선언의 날

남북의 두 사람 판문점 경계에서
서로의 손잡고 분단선 넘나드네
어릴 적 줄넘기 놀음 다시 보는 날이다

형제간 굳이 무슨 언약도 쑥스럽다
같은 날 제주에도 만남의 잔치 있어
전국의 작가들 모여 평화를 건배했다

겪은 일 겹겹이 피 묻은 자리였기
마지막 남은 것 평화밖에 없어라
역사는 다 겪고서야 새날을 맞이한다

선죽교

어렵사리 개성의 선죽교 와서 본다
다리 아래 옛 물이 오늘도 흐르더라
돌다리 한 곳에 과연 붉은빛도 남아있다

정몽주 잃지 않은 지조의 핏빛인가
돌 속에 원래 있던 철분의 색깔인가
어느 쪽 끌리는 마음 말하지 않으리

개성공단 언덕에

개성공단 뒤편의 민둥산 자락에
서울의 몇 시인이 묘목을 심었다
소나무 몇 그루 심고 다시 와서 본다 했다

황해북도 어디라 지명도 변했지만
내 나라 우리 땅이 어디로 가겠는가
뿌리 위 다독인 흙에 땀방울로 물을 줬다

다 끝났다

산 목숨 죽인 이들 이미 함께 죽었다
기우는 뱃전에 와 일 초가 아깝다
말하고 돌아간 이는 무엇을 했던가

세월호 잠기면서 하루 이틀 한 달에
살려서 끌어올린 한 명이 없는 나라
열일곱 소년 소녀들 입을 넘어 물이 찼다

가만히 있으라 나오란 말 전혀 없고
설마 하며 웃고 놀던 청춘들이 잠기고
뭍에선 돈만 세다가 시간을 다 보냈다

변고로 가족 잃은 아픔을 안다는 말
그 죽음 이 죽음이 감히 같단 말을 하나
분수도 모르는 수령 백성을 수장했다

무심한 물에 들어 말소리 끊기었다
깨끗한 영혼이야 죽을 수도 없어라
오는 봄 들판 이랑에 새싹으로 오리라

섬진강

요행으로 4대강 공사를 벗어나
섬진강은 오늘도 제 모습 그대로
국토의 온갖 생물이 가득한 공화국

대륙으로

동해안 북쪽의 철길을 잇는 일
물자를 얼마나 실어갈 일 아니다
마음이 땅 위로 뻗어 막힘없이 가려는 것

금강산 기슭과 두만강 철교로
시베리아 횡단철도 말없이 오르리라
태고적 알타이어족 다니던 고향길

고려인

청산리 봉오동서 일본군에 이기고도
흑룡강을 건너간 러시아 고려인들
그들이 알타이어족 고향까지 가다니

세상의 조화가 신기한 일이다
시베리아 열차가 고려인들 실어 가
먼 서쪽 중앙아시아 데려다 주었다

사림

명나라 칙사로 허국許國이 조선에 와
이 나라 학자들이 누구냐 묻는다
임금은 도산에 있는 퇴계를 불렀다

이국의 학자에게 들려준 이름들
정몽주 김굉필 조광조가 학자라
퇴계는 사신을 맞아 설명해 주었다

모두가 진리에 목숨을 내준 이들
파벌과 이권을 벗어난 사림士林이다
이 나라 오늘 있기도 그들의 음덕이리

편지

낙동강 상류가 여울져 흐르는 곳
청량산 등에 지고 정자 하나 있거니
정자의 주인 금란수 퇴계의 제자이다

퇴계와 남명 사이 편지를 나른 사람
고산정 주인은 걸음이 무거웠다
출세와 은둔을 두고 뜻이 다른 편지 내용

벼슬길 나다녀도 퇴계가 남긴 유언
자신의 비문에 은사隱士라 쓰라 했다
남명은 머리 저었다 퇴계가 은사라니

하지만 서애가 퇴계의 제자였고
의병장 곽재우는 남명의 제자였다
그 스승 그 제자들이 나라를 구했구나

청백리

충열공 영의정 할아버지 시제 날
아버지 따라서 묘소에 올라간다
절하고 축문을 듣고 음식 쟁반 받는다

가장 높은 벼슬하고 살림은 가난해
장례 때 임금이 쌀과 콩 보내왔다
후손은 청백리 조상 자랑하며 살았다

남한산성

만주족 청나라 대군이 밀려와
조선의 인조 임금 남한산성 내려왔다
패전의 인질로 나선 3학사가 끌려갔다

구파발 동쪽은 삼각산의 뒷모습
서쪽은 번뜩이는 한강이 흐르고
그 사이 북으로 난 길 3학사가 걸어갔다

청나라 회유해도 3학사는 굽힘 없다
승패와 생사보다 올곧음이 우선이다
언어와 문자도 잃고 만주족은 지금 없다

광주廣州 실학

산속 마을 오포 남쪽 더 높은 산들 있다
높은 산 능선들이 어깨를 겯고 있다
지조를 지키는 이들 어울린 터전이다

텃골의 순암이 뒷산에 올라서서
몇십 리 서쪽의 성호 선생 우러렀다
첨성리 스승 댁까지 하루해가 저무는 길

만나면 제자에게 소금 밥상 차려주고
한밤이 다 새도록 삶의 도리 헤아렸다
청빈 속 광주 실학이 겨레의 빛이 됐다

기벌포

백마강 하구에 긴 바위 누워있다
당나라 소정방이 백제에 오른 지점
신라의 김유신 장군 늦은 도착 질책한다

김유신 소리 높여 갯벌이 울리었다
백제의 계백 군대 이기고 오는 거다
신라는 연합하기 전 당나라와 싸운다

김유신 머릿발이 하늘로 치솟고
허리의 대검이 저절로 튀어나와
소정방 기싸움에서 밀리고 말았다

두 화랑

신라의 두 화랑 파랑과 장춘랑
무열왕 꿈자리 나타나 말하기를
당나라 소정방 군대 함께하기 싫다 한다

꿈에서 깬 임금이 식은땀 흘리었다
북한산에 절을 지어 두 화랑 위로하니
세검정 소학교 마당 장의사가 그 터라

여행

소년 화랑 응렴이 국토를 걷고 왔다
임금이 물었다 무엇을 보고 왔나
응렴은 눈여겨본 일 세 가지 말하였다

높은 지위 가지고 낮은 데 앉는 사람
부자지만 의복을 검소하게 입는 사람
권력을 가진 이로서 뽐내지 않는 사람

임금이 감격의 눈물을 보였다
헌안왕이 소년을 사위로 삼았다
응렴이 신라 십칠 대 경문왕이 되었다

영일만

태평양 큰 파도 섬나라로 막아놓아
아늑한 안바다 동해는 어장이다
날마다 해돋이 때면 하늘은 채색 장막

신라의 연오랑 세오녀가 살던 곳
그들의 기품은 이국까지 전해져
갈매기 날갯짓에도 전설의 가락 있다

동강

높은 산 골짜기에 강물의 여울 소리
메아리로 엮는 사연 아라리 가락 같다
물길이 향하는 데는 흰빛 물살 보고 안다

주무른 듯 뭉친 듯 꿈틀대는 산세에다
산허리엔 쉬지 않고 안개구름 날고 있다
동강은 갇히지 않고 오지를 벗어난다

백령도

한 소식이 대륙의 동쪽으로 오더니
끝자락 강산의 풍광에 눈이 부셔
서해에 돌 병풍 되어 백령도로 서있네

독도

동아시아 역사의 시곗바늘 꼭짓점
동해에 독도가 영원히 솟아있어
이 나라 동트는 해가 업히어 오른다

수원 화성

손에 익은 석수나 목수보다 높은 품삯
떠돌이 잡역부가 받아 간 기록 있다
조선조 정조와 다산이 마음먹고 한 일이다

사람의 마음이 돌 속에 배어있다
외침을 막는다는 방벽이 아니고
역사 속 수원 화성은 숨소리 내고 있다

백록담에서

백두산 한라산이 국토를 챙기느라
봉우리 멀리 보며 봉화를 올리더니
뒷날에 무슨 뜻으로 분화구에 물을 담나

물처럼 되는 데에 내일이 있어라
굳은 것 녹이고 뿌리를 키우며
스스로 낮은 데 흘러 강이 되고 바다 된다

두물머리

태고의 어느 날 땅 밑에서 있었던 일
금강산 태백산의 수맥이 다짐했다
뒷날에 서로 만나서 큰물을 이루자고

두 갈래 골짜기 깊은 데로 물길 열고
북한강 남한강이 한곳 향해 흘렀다
이윽고 하나의 한강 이루어낸 두물머리

표적처럼 느티나무 우뚝 선 언덕에서
한강 하류 끼고 있는 도읍의 터전 본다
역사의 첫날에 이미 마련된 한 누리여

예루살렘

한 하느님 섬기며 아브라함 후손이라
세 갈래 백성들이 같은 말 하면서
진리의 고향이라 해 예루살렘 우러른다

한 뿌리 형제들이 고향에 모이면
반갑고 즐거워 축제를 열 일이지
어이해 예루살렘을 빼앗기 싸움하나

평화를 위하여

사도들의 맏이가 한 정원에 부르니
페레스 이스라엘 대통령이 날아오고
압바스 팔레스타인 수반도 도착했다

평화를 위하여 기도하자 모인 자리
평소에 반목하던 사람들이 얼싸안고
주빈인 프란치스코 흐뭇한 얼굴이다

아무렴 사람들의 일이란 하기 나름
팔을 벌려 상대의 허리를 안아준다
한때의 본보기라도 평화의 모습이다

기도

내 뜻대로 마시고 하느님 뜻대로
기도하는 내 말을 들어줄 이 없어라
세상을 창조한 다음 그분은 쉬고 있다

창조주 보시니 참 좋다 하였다
너희는 서로를 사랑하라 하였다
모든 일 하고 안 하는 자유마저 주었다

남해에서

국토의 최남단 남해에 와서 본다
이 바다 태평양이 6대주에 철썩이니
여기서 바닷가 디뎌 세계에 발이 닿네

인사동 게바라

몸의 병 고치는 의사가 되려다
정신의 아픔에 마음을 돌린 이들
중국의 소설가 루쉰 남미의 체 게바라

조선의 서까래 선명한 인사동
예당 카페 벽면에 걸려 있는 게바라
혁명의 눈 감지 않고 제3세계 보고 있다

제3부

멍석 마당

바깥 마당 복판에 멍석을 넓게 펴고
아빠 엄마 누나 동생 벌러덩 누워있다
먼발치 모깃불에서 불어오는 쑥 내 향기

하늘에는 북두칠성 태연히 떠있고
희고 둥근 달에는 계수나무 하나 있다
식구들 은은한 가락 밤하늘에 날린다

장마

학교 가는 오리 길에 냇물이 하나 있다
장마가 지는 날엔 엄마와 씨름한다
학교를 하루 쉬라고 위험해서 안 된다고

해마다 지켜온 개근상이 아까워
기어이 뛰쳐나가 냇물을 건넜다
책보와 벗은 옷들을 머리에 얹은 채로

버섯 자리

논두렁과 밭이랑에 버섯들이 자라난다
미루나무 버섯과 뽕나무 버섯이다
슬며시 찾아다니며 검불로 덮어준다

나뭇등걸 밑동에서 예쁘게 자라는 걸
그 자리 혼자 알아 숨겨 두고 보살핀다
안개 낀 새벽에 나가 잘 자라나 보고 온다

진달래 불길

산을 덮은 붉은빛 진달래 불길에
흰빛의 벚꽃이 여기저기 물 뿌리나
높은 산 큰 품 안에서 요란한 봄날이네

꽃들의 시간

울타리 나팔꽃은 아침에 피는데
화단의 분꽃은 저녁에 피는구나
담 밑의 해바라기는 해를 따라 마주 본다

저마다 구실의 순서를 의논해
하루의 제 모습 뽐내고 있는가
꽃들의 누리 속내가 궁금도 하여라

개미 이사

장마가 올 때를 미리 아는 개미들
한 줄로 늘어서서 어디론가 이사 간다
천지의 일기예보를 개미들이 먼저 안다

딱따구리

밤나무 고목에 올라앉은 딱따구리
부리로 나무 뚫고 벌레를 쪼아낸다
그 무슨 투시경 가진 딱따구리 의사네

생일 케익

다섯 살 영이가 생일 케익 받았다
크림으로 빚어 만든 비둘기가 얹혀 있다
어른들 영이와 함께 칼을 들어 썰려 한다

영이는 놀란 듯 물러앉아 훌쩍인다
비둘기를 치울까 그것도 싫다 한다
이대로 생일 케익을 바라만 봐야겠네

아기 세상

엄마의 팔을 잡고 몸을 틀어 매달리고
아기는 뛰어가다 멈춰서 껑충 뛴다
지구가 빙긋이 웃고 풀들도 춤을 춘다

아무렴 아기들을 말릴 수는 없는 거지
세상의 내일이 저들의 것인데
기뻐서 날뛰는 것이 당연한 일이지

멱 감는 날

다섯 살 철수 영이 멱 감으러 내에 갔다
물속이 물 밖보다 더 밝고 맑았다
알몸의 어린 남녀가 물속을 헤엄쳤다

기차놀이

엄마 아빠 나가신 빈집의 안방에
이웃의 어린 동무 모두가 모여있다
영이가 생각해 냈다 기차놀이 하자고

철수가 엎드려 문고리를 잡았다
이어서 뒤에서 허리를 껴안아
칙칙폭 기차가 가듯 여자애들 매달린다

송화다식

큰댁의 제사는 한 해에도 여러 번
밤중이 되어야 제사를 지낸다
졸음을 참고 기다려 제사에 가야 한다

나이 어린 사촌들이 윗방에 모여든다
할머니 어머니가 제사 음식 차리는 방
곶감과 송화다식을 얻어먹는 재미다

발담

아빠가 오늘은 발담을 만들잔다
미루나무 가지들을 칡넝쿨로 엮었다
한 자락 부채꼴이 된 발을 들고 내로 갔다

여울에서 자갈로 두 줄의 담을 쌓고
꼭짓점 큰 돌 아래 발을 세워 고였다
뚜껑도 엮어 얹으니 발담이 다 되었다

이 가을 새벽마다 발담에 가보는 일
철수의 몫으로 신명나는 일이다
물고기 많이 건질까 가슴이 두근댄다

서리 내린 새벽길

늦가을 어둑새벽 서리 내린 풀섶 길
바구니 손에 들고 발담을 보러 간다
가을에 물고기들은 깊은 물 찾아간다

하류로 내려가다 발담에 모여있다
철수의 손을 빌어 바구니로 옮겨지고
이것은 생광스러운 잔치의 마련이다

밤송이

밤송이 알맹이가 여물기 전에는
얼마나 가시를 사납게 뻗치던지
알맹이 다 키우고선 입을 벌려 웃는다

신방

큰댁의 맏형이 장가가기 전날에
산그늘 내에 나가 목욕을 하였다
잔칫날 새색시 맞아 신방을 차린다

대문을 열어두고 뒤울안 어두운데
어린 처녀 순이 영이 뒷 봉당 스며들어
침 바른 손가락으로 창호지 뚫고 본다

첫 영성체

나이 어린 비오가 유아세례 받고서
첫 영성체 하면서 갑자기 물었다
신부님 이거 맛있어요 신부님은 웃으셨다

달 그림자

흐르는 물 위에 달 그림자 떠있구나
물살이 떠밀지만 달은 끝내 자리 지켜
여울물 요란하다가 저 홀로 가버리네

발문

발문

길이 시가 될 때

—광산의 제3시조집에 부쳐

최원식(문학평론가)

1. 근기인 광산

광산廣山 구중서具仲書 선생이 아니더면 '전통'을 이렇게 궁리하지는 아니했을 터다. 아마도 처음은 글씨였을 것이다. 다산茶山의 유명한 "불우국 비시야不憂國非詩也"를 묵서한 작은 액자를 처음 봤을 때, 나는 대뜸 그 서書가 좋았다. 나라와 인민을 걱정하는 식자인識字人의 품격에서 우러난 평담平淡한 경지가 광산의 인품과 꼭 닮았다고 여겼다. 이후 광산에게 글씨는 옛 선비들처럼 생활이 되었다. 함자에 '서書'가 있더니 그대로 된 모양새다. 청구자青丘子 민병산閔

丙山 선생이 떠올랐다. 인사동仁寺洞 진괴眞怪로 추모되는 청구자를 나는 공교롭게도 광산 친상 때 상가喪家에서 처음 뵈었다. 선생은 문상 온 사람들에게 당신이 쓴 예의 유명한 글씨들을 나눴는데, 내게는 '최 교수는 학자니까……' 하시면서 여러 장을 쥐어주셨다. 나는 그중 "규곽경양葵藿傾陽"을 표구하여 응접실에 걸어두고 드나들 때마다 묵상한다. "해바라기가 해를 향해 기운다". 청구자 문득 조촐히 세상을 뜨시더니 광산이 뒤를 이었다. 이 뜬세상에 아름다운 일이다.

정년한 뒤 작은 연구실을 마련하곤 광산의 글씨를 걸고 싶었다. 궁리 끝에 '동이서옥同異書屋'으로 지었는데, 대강 세 뜻을 담았다. 첫째 '잡동산이雜同散異'에서 '동'과 '이'를 딴 것. '잡동산이'는 실학자 순암順菴 안정복安鼎福의 책 이름으로 '잡동사니'의 어원이다. 감히 비길 수 없지만 내 잡학 취미를 비친 바다. 광산은 호에도 '광'자가 들어갔듯 당신의 세거지 광주廣州를 아낀다. 더욱이 광주가 낸 실학자 순암을 존경하니, 떼를 쓰기 좋다. 둘째 '존이구동存異求同'도 염두에 둔 것. "다름은 두고 같음을 구한다". 이견을 놓고 굳이 다투지 말고 우선 같음을 확인하면서 이견은 훗날을 기다려 해결하자는 중국인의 지혜를 밤낮없이 싸우는 우리 사회가, 아니 나부터 본받자는 바람을 담은 것이다. 셋째 동이東夷를 가차한 것. 이리 말씀드리며 광산께 글씨를 청했던 것이다. 어느 날 묵서가 한 점 집으로 배달되었다. 기쁘고 감사해 정희성鄭喜成 선배를 함께 모셔 셋이서 '여자만'에서 즐거운 점심을 들었다.

그러구러 어느 날 보매 시조를 발표하시는 게 아닌가. 더욱이 일과성이 아니다. 벌써 두 권의 시조집을 내셨다. 슬그머니 묵희墨戱도 하신다. 처음엔 먹으로만이더니 담채淡彩도 겸해 2012년엔 시화전도 열었다. 시서화詩書畵를 한 몸에 이루었거니, 그렇다고 새삼 예술에 몸 바친 그런 장인匠人류가 아니다. 뭐랄까 일생 사회적 책임을 나누는 독서인의 삶, 그 끝에서 저절로 우러난 지혜와 깨달음이 글씨와 시조와 그림으로 시나브로 이월한 것이니 말이다. 일찍이 대구大邱에서 첫 대학 선생으로 생애할 때 영남嶺南 선비의 한 끝을 엿보았거늘, 이젠 살아있는 기호畿湖 선비를 뵙게 되다니, 국문학도로서 더없는 행운이다. 언젠가 그림도 지니고 싶다고 별렀는데 이사장 시절 안상학 사무총장이 조직한 작가회의 문인화전에서 조운曺雲 시조에 부친 광산의 폭포 그림을 구할 수 있었다. 광산의 수묵 담채로 우리 집 안방이 그지없다.

어느 날 전화가 왔다. 새 시조집을 내는데 발문을 청한다는 말씀이다. 어찌 거절할 수 있으랴. 광산은 정통 근기인近畿人이다. 나야 인천仁川 귀신이지만 원래 우리 집안의 세거지는 의주義州다. 증조부가 내인來仁했으니 떠돌이다. 진외가는 부평富平, 외가는 용인龍仁으로 말하자면 근기화한 관서인인 셈이다. 그럼에도 이런 경계인境界人을 광산은 근기인으로 여겨준다. 문단에 근기인이 워낙 드문 덕이지 싶다.

나는 한때 율곡栗谷을 조금 읽었다. 주리론과 주기론 양 끝을 여의며 자기 논리를 세워나가는 그 현대적 날카로움에 감복을 금치 못한 바, 내 공부에 추를 달아보려는 무의식적 노력일지도 모르겠다. 광산이 수원대 계실 때 근기의 재발견을 모색하는 모임에 나도 끼워줘 몇 번인가 수원水原 나들이 한 기억도 새로우매, 인연이 고맙다.

2. 월인천강

광산이 보내준 시고를 천천히 읽어나가며 선생의 시조가 한 경지에 이르렀음을 실감한다. 담여수淡如水라더니 맑고 순정醇正한 군자의 시다. 운율도 대체로 시조의 음보音步와 음수音數에 순응해 아주 자연스럽다. 예외도 있기는 하다.

변산 지방 산들은 바다를 향하여
경사진 직선의 능선으로 늘어서
튕기면 바로 음악이 연주될 참이다

—「변산」 전문

변산반도의 자연 풍광을 노래한 이 시는 이미지스트 뺨치게 회화적인데 그래서 그런지 운율이 까다롭다. 종장을

통상적으로 나누면 "튕기면/바로 음악이/연주될/참이다"인데 억색하다. "튕기면 바로/음악이/연주될 참이다"—3음보로 띄어 읽어야 그래도 자연스러우니 멋진 파격이다. 바다로 돌출한 변산반도의 어떤 각도를 찰나적으로 파악한 광산의 눈매라니! 이런 눈매를 숨겼을 줄이야 하면서도 이 또한 국토의 아름다움을 순례하는 군자심君子心의 발로임을 깨닫는다. "한 소식이 대륙의 동쪽으로 오더니/ 끝자락 강산의 풍광에 눈이 부셔/ 서해에 돌 병풍 되어 백령도로 서있네"의 「백령도」를 비롯한 국토 시들은 그대로 한국을 장엄한다.

국토 시와 함께 한국 사회와 동행한 사회 시들이 또 한 무더기다. 세월호에 분노하고 촛불에 동참하고 한반도의 봄을 기뻐하는데, 예언적이기조차 한 「판문점 선언의 날」은 대표적이다. 셋째 수를 보자.

> 겪은 일 겹겹이 피 묻은 자리였기
>
> 마지막 남은 것 평화밖에 없어라
>
> 역사는 다 겪고서야 새날을 맞이한다
>
> —「판문점 선언의 날」 부분

해학도 종요롭다. 「밤송이」는 최고다. "밤송이 알맹이가 여물기 전에는/ 얼마나 가시를 사납게 뻗치던지/ 알맹이 다 키우고선 입을 벌려 웃는다". 생명의 비밀을 전한 이 시에서 독자도 마지막 연, 마지막 구에 가서는 벌린 밤송이 따라 입을 벌려 웃게 마련이니 살아있는 것들 사이의 따듯한 교환이 느껍다. 이를 알아챌 줄 아는 시인의 마음이 두렷하매, 해학의 순간에서 종교적 본질을 길어 올린 「첫 영성체」도 빛난다.

> 나이 어린 비오가 유아세례 받고서
>
> 첫 영성체 하면서 갑자기 물었다
>
> 신부님 이거 맛있어요 신부님은 웃으셨다
>
> —「첫 영성체」 전문

이 시집을 일언이폐지一言以蔽之건대 아마 일심一心쯤 될 듯싶다. "산인가 하늘인가 들인가 바위인가/ 사람의 마음은 무엇으로 남으랴/ 하나로 무너져 내려 출렁이는 바다이리"(「무엇으로 남으랴」). 절창이다. 하늘도 땅도 사람도 출렁이는 바다로 하나 되는 그 마음이란 과연 무엇일까? 황진이黃眞伊의 '청산리靑山裏 벽계수碧溪水'와 호응하는 「달 그림자」가 암시적이다.

> 흐르는 물 위에 달 그림자 떠있구나
>
> 물살이 떠밀지만 달은 끝내 자리 지켜

여울물 요란하다가 저 홀로 가버리네

—「달 그림자」 전문

물 위에 뜬 "달 그림자"를 서경敍景한 초장은 순하다. 그런데 초장의 "달 그림자" 대신 "달"이 등장하는 중장부터 까다롭다. 하늘의 달인지 그림자 달인지도 갸웃하고, 초장의 "흐르는 물"과 중장의 "물살"은 결이 다른 듯싶기도 한데, 다시 생각해 보면 멀리서 봤다가 가까이 다가간 느낌도 있다. 원경遠景은 유장해도 근경近景으로는 물살이 달을 떠미는 모양이 잡히기 때문이다. 중장은 줌 인zoom in인 양 가깝다. 하여튼 달을 밀던 여울물은 가버리고 결국 달만 남았다는 얘기다. 그런데 여백에 미치면 달라진다. 그 여울물은 갔어도 새 여울물이 밀려왔을 터이니, 하늘의 달과 물 위의 "달 그림자"들과 그 물들은 흔들리는 유전流轉 속에서도, 아니 유전 그 자체로 여여如如하다. '월인천강月印千江—달이 일천 강물에 도장 찍는다'. 파도가 치면 달 그림자가 이그러지듯, 분별심이 발동하면 본마음도 흐리다고 '월인천강'을 읽어왔거니와, 광산의 화두는 성성惺惺하다. 잔잔하면 잔잔한 대로 물결치면 물결치는 대로, 달이 그 물의 모양에 즉해 여여하다는 광산의 일심이 다시 새롭다.

3. 위당의 계보

요즘 『담원문록薝園文錄』을 틈틈이 읽으며 위당爲堂 정인보鄭寅普 선생을 다시 본다. 전에 창비에서 세 권짜리 『한국현대대표시선』(1990~1993)을 민영 최두석 시인과 엮었을 때 시조에 대해서는 야박해 현대시와 겨룰(?) 시조시인으로는 겨우 가람 이병기李秉岐와 조운 두 분만 거두었다. 우리 현대문학 특유의 인습을 답습한 결과, 위당을 건너뛰는 실수를 저지른 것이다. 사실 가람과 조운을 평가하는 기준 또한 문제다. 현대성이 모자란(?) 시조를 혼신의 힘으로 예술로 끌어올렸다는 것이매 이 또한 거의 정치적 무의식으로 내장된 서구적 기준으로 시조를 판단한 오만의 다른 판본일 수 있기 때문이다. 확실히 가람에게는 '예술한다'는 자의식에 기초한, 말하자면 삶을 예술에 봉헌하는 장인 기질이 언뜻 비치거니와, 물론 그 덕에 우리 시조가 다른 진경을 보인 것 또한 사실이다. 가람 시조에도 강렬한 사회성이 맵지만, 난초시에 보이듯 사회성과 예술성의 분리도 때론 현저해서 가람을 근본적으로는 예술 시조 쪽으로 밀게 된다. 위당의 시조에는 이런 틈이 없다. '사무사思無邪'의 경지에 철徹한 끝없는 도정만 있을 따름이다. 위기지학爲己之學에 충성하면서 나라와 인민의 홍익弘益을 위해 겸허한 이바지를 마다하지 않는 독서인의 길에서 일어날 느꺼움을 평담하게 그리고 순정하게 노래한 위당의 시조야말로 선비 시의 현대적 현신이다.

우리 현대시조에 가람의 시조 길과 따로 위당의 시조 길을 설정함 직하다. "위당은 시조 작가로 자처하지 아니할 것이요 또한 그러한 일컬음을 받기도 원치 아니할 것이다. 그러나 위당은 시조를 지었고 짓고 또한 훌륭히 짓는 것이 사실이다. …(중략)… 위당 자신이야 시조 작가로 자처하거나 말거나 아름다운 시조를 지은 그 사실이 있으니 우리는 위당에게 시조 작가라는 일컬음을 하나 더 덧붙이지 아니할 수 없다".* 이 말은 그대로 광산으로 이월해도 무방하다. 광산의 시조 작업은 위당을 잇는다. 생전 양반 내색을 아니 하시더니 이번 시조집에는 살짝 나온다.

가장 높은 벼슬하고 살림은 가난해
장례 때 임금이 쌀과 콩 보내왔다
후손은 청백리 조상 자랑하며 살았다

—「청백리」 부분

세조世祖 때 영의정을 지낸 충열공忠烈公 구치관具致寬을 노래한 시조다. 예전의 일화가 떠오른다. 『매천야록梅泉野錄』에서 조선왕조 포도대장은 구씨와 신씨가 번갈아 했다는 대목을 읽은 기억에 광산께 "능성綾城 구씨는 무반의 명가지

* 白樂濬, 「緖言」, 정인보, 『담원시조薝園時調』, 을유문화사, 1948, 1면.

요" 했더니 가만히 계시다가 "우린 문무겸전이지" 하고 받으셨다. 이만큼 속으로는 자부심이 크다. 모쪼록 감축하노니, 도道를 찾아가는, 아니 도가 길 자체인 광산의 시조 길이 더욱 문질빈빈文質彬彬하시기를!